阿比

牛弟

依依

國家圖書館出版品預行編目資料

小靜想飛 / 宇文正著;王平,馮艷繪. －－初版一刷. －
－臺北市:三民,2009
　　面;　公分.－－(兒童文學叢書 / 我的蟲蟲寶貝)

ISBN 978－957－14－5283－8 　(精裝)

859.6　　　　　　　　　　　　　　98020553

© 小靜想飛

著 作 人	宇文正
繪　　者	王 平　馮 艷
責任編輯	李玉霜
美術設計	陳健茹
發 行 人	劉振強
著作財產權人	三民書局股份有限公司
發 行 所	三民書局股份有限公司
	地址　臺北市復興北路386號
	電話　(02)25006600
	郵撥帳號　0009998－5
門 市 部	(復北店)臺北市復興北路386號
	(重南店)臺北市重慶南路一段61號
出版日期	初版一刷　2009年11月
編　　號	S 857331

行政院新聞局登記證局版臺業字第○二○○號

有著作權‧不准侵害

ISBN　978－957－14－5283－8　（精裝）

http://www.sanmin.com.tw　三民網路書店

作者的話

　　小時候，我整天跌跌撞撞；奇怪的是，我父親並不毛躁，卻也老是手腳受傷。不知是不是我們父女對距離、速度的掌握都有點先天性的遲鈍？在誤差中求生存，於是每天晚上有個固定的儀式，爸爸擦完了藥，然後舉起紫藥水問：「還有沒有人要擦藥？」一定是我，跑上前去，隨手朝小腿一指，總能找出一兩個傷處讓他擦，有時候一急，伸錯手腳，但還好我只有兩隻手、兩隻腳。當我想到要寫一隻毛毛蟲的故事，毫無道理的，那因為腳太多，受傷擦藥卻幾度伸錯腳的有趣畫面便躍上我的心頭。

　　這是第一次，我寫故事時，心中根本還不知道故事將如何發展，卻先浮起許多畫面：有好多對短短的腳的毛毛蟲，每一隻腳上都繫著漂亮的蝴蝶結；或者穿著各式各樣的高跟鞋，走起路來像遊樂園裡的圓形龍船高高低低起伏旋轉。在小小電腦前，蒼蠅、毛毛蟲這些多足動物的小腳在鍵盤上飛快操作，讓人眼花撩亂。一隻小毛蟲攀著一根蜘蛛絲在風中盪鞦韆，噗通一聲掉下來……我多麼希望有人幫我把這些畫面畫下來。

　　只為了好玩。我寫這個故事時，並沒有預設特別的教育題旨，只是心中有一些好笑的畫面，想要跟孩子們分享。於是我塑造了小靜、詩涵，讓她們為我執行這些畫面，並且加入了一隻凶惡的蜘蛛，讓故事增加幾分刺激。我必須承認，我是有私心的，我非常喜愛毛毛蟲，像鳳蝶的幼兒是沒有毛的毛蟲，我甚至敢摸；可是我討厭蜘蛛，無論牠的長相還是走路跳動的樣子都令我厭惡，小蜘蛛還好，長腳大蜘蛛或是全身毛絨絨的毒蜘蛛總是讓我起雞皮疙瘩，於是我在這本書裡，把牠塑造

成昆蟲世界裡的「佛地魔」。熱愛生物的專家可能不滿意我醜化蜘蛛，他們會說，蜘蛛是益蟲，牠吃小蟲是大自然的食物鏈啊！他們甚至會說，討厭蜘蛛的長相？這太孩子氣了吧！抱歉，這本書就是為孩子寫的呀！請包容我小小的復仇，我有信心，大部分的小朋友都是站在我這邊的，我到校園裡為小朋友講故事，知道他們喜愛螞蟻、小毛蟲、蝴蝶、鍬形蟲、獨角仙、金龜子……就是不喜歡蜘蛛。

　　這本小書沒有嚴肅的教化意圖，如果有，那就是想告訴孩子們的父母，尊重孩子先天的特質，就讓他跌跌撞撞吧！而我真正盼望的，是小朋友們在閱讀中，能跟小靜一起飛起來。

字文正

ii

小靜想飛

宇文正 著　　王平・馮艷 繪

三民書局

2

雨後的相思樹，黃色小花上
還鑲著細細小小的水鑽，好多
蜘蛛網都被雨水打壞了。小靜
望著空中一根蜘蛛絲，很想
攀上去盪鞦韆，「那就能表演
空中飛人了！」

詩涵催促著，「小靜快走啦！萬一摔到蜘蛛網上會被吃掉的啦！」

詩涵是住在小靜家隔壁那棵夾竹桃的小毛蟲，她每次都被小靜弄得好緊張。

「好啦！好啦！其實蜘蛛網大部分都被雨水打壞了呀！」

不斷說到「蜘蛛」兩個字，她兩人沉默了一下。蜘蛛，是他們昆蟲家族共同的敵人，大人一再交代不可以去招惹蜘蛛。

4

「啪！」小靜不好好走，
從石頭上一躍而下。

「哎喲！」小靜跳得太快
太猛，她看著自己的第五隻
右腳，嗯，還好啦，一點點
擦破皮而已。

6

「要我陪妳回家擦藥嗎？」

「不用啦！又沒怎樣……」

回家肯定又要被媽媽唸了！

媽媽總是說:「小靜呀，動作穩重一點，妳看人家詩涵！」

詩涵的媽媽常常幫她打扮，每隻腳上都紮一朵漂亮的蝴蝶結。小靜根本沒辦法打扮，她的腳上到處都是OK繃，有時候爸爸幫她擦紫藥水，她還會伸錯腳，反正整天這裡撞到，那裡磨到，每隻腳都擦得紅紅紫紫的。

　　小靜也想將來能成為一隻
有雙漂亮翅膀的蝴蝶，有時候
還把媽媽所有的高跟鞋統統
搬出來穿在腳上，「看！我
踩高蹺！」每雙鞋高高低低的，
走起路來真好玩。

小靜想擁有一雙翅膀不完全是為了漂亮，最重要的是，那就可以隨心所欲的飛呀！現在她不能飛，她心裡羨慕著爸爸媽媽每天能飛到好遠的地方去吸花蜜。她好想體會飛的感覺，才會常常望著空中的蜘蛛絲發呆。小靜覺得自己雖然老是跌跌撞撞，其實她的眼睛還不錯，不像整天不是讀書就是打電動的詩涵有近視眼；讓她盪蜘蛛絲的話，一定能做到眼明腳快。

小靜想像抓著別人看不太到的透明蜘蛛絲在風中盪來盪去，就像飛翔一樣！

14

16

　　不過，盪到高處跳躍下來，大概是最困難的動作了，所以小靜拚命練習，在家沒事就從床上、桌上往地下跳，出門就找石頭跳。

　　「咦，是誰在哭？」
小靜和詩涵驚訝的抬起頭，
聲音從夾竹桃上傳來。

　　詩涵說：「好像是依依的聲音耶！」

　　「是依依！」她哭得很小聲，卻很
恐懼很傷心的樣子。小靜拉著詩涵
快步跑到夾竹桃下，「啊！」兩人
嚇得嘴巴張得大大的，依依被
黏在……在……蜘蛛網邊邊上！

　　「怎麼辦？怎麼辦？」詩涵已經
哭了出來。蒼蠅依依是她們最要好的
朋友，詩涵昨天還跟依依比電動，
因為她腳多打得快，依依不服氣，
還說今天要再比一場呢！

那沾著水珠的蜘蛛網，結得又大又扎實，沒有被這場雨打壞。大蜘蛛臥在中心正睡著午覺。

小靜向四周望了望，嗯，不遠的樹梢懸下一根細細的蜘蛛絲，只要她能攀上那根蜘蛛絲，就可以盪到那個網子的邊緣，如果能恰好握住依依的手，就有機會把她拉下蜘蛛網。蜘蛛網雖然很黏，可是只要盪得夠高，就有足夠的衝力。

　　小靜要依依和詩涵別哭，千萬不要吵醒大蜘蛛。她以最快的速度爬上樹梢，順著那根蜘蛛絲慢慢溜下來，懸在空中。她抓緊了蜘蛛絲，扭動身體開始搖盪，可是，怎麼也盪不到依依的身邊。

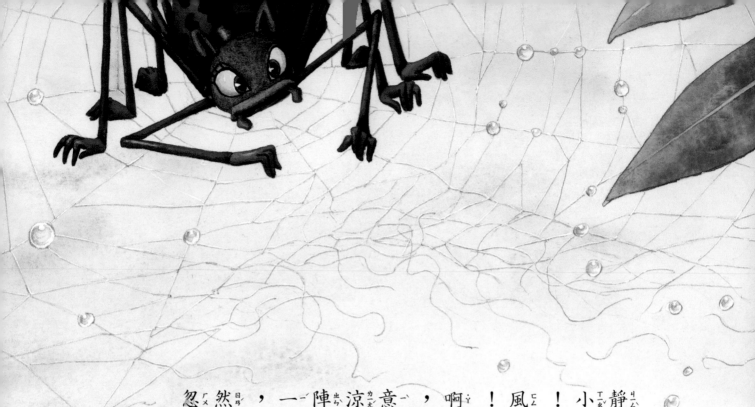

　　忽然，一陣涼意，啊！風！小靜溫起來了！溫得好高，好高，好像飛起來了！

　　溫！溫！她伸出手，不敢相信真的握到了依依的手！萬歲！依依被她一帶，在空中就搧起了翅膀。依依安全了！

「小靜妳快下來呀！大蜘蛛醒來了！」詩涵在樹下大喊。小靜低頭看，再不跳下來，如果風一吹，她一定會被吹到蜘蛛網上。

跳啊！跳啊！小靜從來不怕跳的呀！可是，這一次，真的很高，比她跳過的每一次紀錄都高，她回頭一看，大蜘蛛睜開了惡狠狠的雙眼，朝她的方向爬過來了……。

小_{ㄒㄧㄠˇ}靜_{ㄐㄧㄥˋ}眼_{ㄧㄢˇ}一_ㄧ閉_{ㄅㄧˋ}，
不_{ㄅㄨˋ}管_{ㄍㄨㄢˇ}三_{ㄙㄢ}七_{ㄑㄧ}二_{ㄦˋ}十_{ㄕˊ}一_ㄧ
放_{ㄈㄤˋ}手_{ㄕㄡˇ}就_{ㄐㄧㄡˋ}跳_{ㄊㄧㄠˋ}。

27

她朝著一顆石頭「砰」的一聲掉落下來。

沒有聽見小靜唉唉叫，詩涵、依依緊張的衝到了小靜身邊。小靜伸出手讓她倆把她拉起來。這次，是第八隻左腳受傷了。

「小靜，害妳又一拐一拐的囉！」依依抱歉的說。

28

小‌靜‌卻‌好‌像‌還‌在‌夢‌中‌，
喃‌喃‌的‌說‌：「‌我‌剛‌才‌，‌在‌空‌中‌，
真‌的‌飛‌起‌來‌了‌呢‌！」

寫書的人

│宇文正

　　本名鄭瑜雯，東海大學中文系畢業，美國南加大 (USC) 東亞所碩士。曾經擔任《風尚》雜誌主編、《中國時報》文化版記者、漢光文化編輯部主任、主持電台「民族樂風」節目，現任《聯合報》副刊組主任。

　　著有短篇小說集《貓的年代》、《台北下雪了》、《幽室裡的愛情》；長篇小說《在月光下飛翔》、《台北卡農》；散文集《顛倒夢想》、《我將如何記憶你》；童書《愛的發條》；傳記《永遠的童話——琦君傳》等。

畫畫的人

│王　平

　　王平自幼愛好讀書，書中精美的插圖引發了他對繪畫的最初熱情，也成了他美術上的啟蒙老師。大學時，王平讀的是設計專科，畢業後從事圖書出版工作，但他對繪畫一直充滿熱情，希望用手中的畫筆描繪出多彩的世界。

　　王平個性樸實，為人熱情，繪畫風格嚴謹、細緻。繪畫對王平來說，是一種陶醉和享受，並希望通過畫筆把這種感受傳遞給讀者，帶給人們愉悅和歡樂。

│馮　艷

　　生長在美麗的渤海灣邊，從小聽八仙過海的故事長大，深信長大後，自己也能夠騰雲駕霧，飛過大海。

　　懷著飛翔的夢想，大學畢業以後，走過許多城市，現在定居在北京。做過廣告設計、雕塑、剪紙、設計製作民間玩具。幾年前，開始接觸兒童圖畫書，進而迷上了圖畫書，並且嘗試繪製插圖，希望透過自己的畫，把快樂帶給大家。

獻給孩子們的禮物

「世紀人物100」

訴說一百位中外人物的故事
是三民書局獻給孩子們最好的禮物！

◆ 不刻意美化、神化傳主，使「世紀人物」
更易於親近。

◆ 嚴謹考證史實，傳遞最正確的資訊。

◆ 文字親切活潑，貼近孩子們的語言。

◆ 突破傳統的創作角度切入，讓孩子們認識
不一樣的「世紀人物」。

一套充滿哲思、友情與想像的故事書
展現希望、驚奇與樂趣的
「我的蟲蟲寶貝」！

想知道

迷糊可愛的毛毛蟲小靜，為什麼迫不及待的想「長大」？

沉著冷靜的螳螂小刀，如何解救大家脫離「怪傢伙」的魔爪？

膽小害羞的竹節蟲阿比，意外在陌生城市踏出「蛻變」的第一步？

老是自怨自艾的糞金龜牛弟，竟搖身一變成為意氣風發的「聖甲蟲」？

熱情莽撞的蒼蠅依依，怎麼領略簡單寧靜的「慢活」哲學呢？

Let's Go!

隨著蟲蟲朋友一同體驗生命中的奇特冒險

學習面對成長過程中的種種難題

成為人生舞臺上勇於嘗試、樂觀自信的主角！

小靜想飛

小刀萬歲

阿比的城市冒險

牛弟的神聖任務

依依學慢活